JEAN DE BRUNHOFF

HiSTOIRE
de
BABAR
le petit éléphant

Nouvelle Collection Babar • Hachette

Dans la grande forêt
un petit éléphant est né.
Il s'appelle Babar.
Sa maman l'aime beaucoup.
Pour l'endormir,
elle le berce avec sa trompe
en chantant tout doucement.

Babar a grandi. Il joue maintenan
C'est un des plus gentils. C'est lui qu

...vec les autres enfants éléphants.
...euse le sable avec un coquillage.

Mais un jour
un vilain chasseur
caché derrière un buisson
tire sur Babar qui se promenait
avec sa maman;
le chasseur a tué la maman.
Babar a si peur qu'il se sauve
et court et court sans s'arrêter...

Babar est sorti de la grande forêt
et arrive près d'une ville.
Il est très étonné
parce que
c'est la première fois
qu'il voit
tant de maisons.

Dans la rue, Babar rencontre deux messieurs.
« Vraiment ils sont très bien habillés
Moi aussi j'aimerais avoir un beau costume... »
Heureusement une vieille dame
qui aimait beaucoup les petits éléphants
comprend qu'il a envie d'un bel habit.
Comme elle aime faire plaisir,
elle lui donne son porte-monnaie.

Babar lui dit :
« merci, madame. »
Et, sans perdre
une minute,
il va dans un grand
magasin.
Il trouve très amusant
de monter
et de descendre
dans l'ascenseur.

une
chemise
avec col
et
cravate

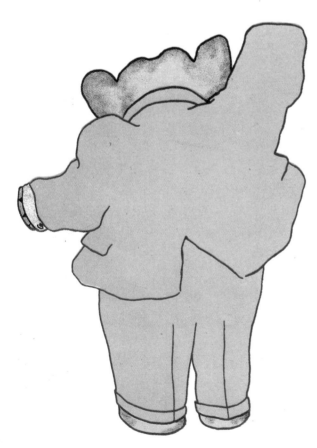

un
costume
d'une
agréable
couleur
verte,

s'achète

puis
un
beau
chapeau
melon,

enfin
des
souliers
avec
des
guêtres.

Babar va dîner
chez son amie la vieille dame.
Elle le trouve très chic
dans son costume neuf.
Après le dîner, fatigué,
il s'endort vite.

Maintenant
Babar habite chez la vieille dame.
Le matin, avec elle,
il fait de la gymnastique
puis il prend son bain.

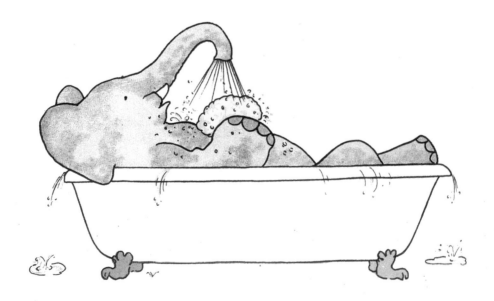

Tous les jours il se promène en auto.
C'est la vieille dame qui la lui a achetée.
Elle lui donne tout ce qu'il veut.

Un savant professeur lui donne des leçons.
Babar fait attention
et répond comme il faut.
C'est un élève qui fait des progrès.

Le soir, après dîner, il raconte
aux amis de la vieille dame
sa vie dans la grande forêt.
Pourtant
Babar n'est pas tout à fait heureux:
il ne peut plus jouer
avec ses petits cousins
et ses amis les singes.
Souvent, à la fenêtre,
il rêve en pensant à son enfance
et pleure
en se rappelant
sa maman.

Deux années ont passé.
Un jour, pendant sa promenade,
il voit venir à sa rencontre
deux petits éléphants tout nus.
« Mais c'est Arthur et Céleste,
mon petit cousin et ma cousine ! »
dit-il stupéfait à la vieille dame.

Babar embrasse Arthur et Céleste.
Puis il va leur acheter de beaux costumes
et les emmène chez le pâtissier
manger de bons gâteaux

Un oiseau qui volait sur la ville
a reconnu Arthur et Céleste.
Leurs mamans, inquiètes,
sont venues les chercher.
Babar se décide à retourner lui aussi
dans la grande forêt.
Il embrasse son amie la vieille dame
et lui promet de revenir.
Jamais il ne l'oubliera.

Ils sont partis...
Les mamans
n'ont pas de place
dans l'auto.
elles courent derrière
et lèvent leurs trompes
pour ne pas respirer
la poussière.
La vieille dame
reste seule;
triste, elle pense:
« Quand reverrai-je mon petit Babar ?»

Babar est arrivé dans la grande forêt.
Tous les éléphants courent en criant
« Les voilà ! Les voilà !
Ils sont revenus !
Bonjour Babar ! Bonjour Arthur !
Bonjour Céleste !
Quels beaux costumes !
Quelle belle auto ! »

Alors le vieux Cornélius s'avance vers Babar
et lui dit de sa voix tremblante :
« Hélas ! Babar, juste avant ton retour,
notre roi a été empoisonné
par un mauvais champignon.
Il a été si malade qu'il en est mort.
C'est un grand malheur. »
Et Cornélius se tourne vers les éléphants :
« Mes bons amis,
nous cherchons un nouveau roi,
pourquoi ne pas choisir Babar ?
Il revient de la ville,
Il a beaucoup appris chez les hommes.
Donnons-lui la couronne. »
Tous les éléphants trouvent
que Cornélius a très bien parlé.
Babar très ému les remercie
et leur apprend que pendant le voyage
Céleste et lui se sont fiancés.
Vive la reine Céleste !
Vive le roi Babar !!
crient tous les éléphants sans hésiter.

Babar a nommé Cornélius général.
Il demande aux oiseaux
d'inviter tous les animaux pour son mariage
et charge le dromadaire de lui acheter
à la ville de beaux habits de noce.

Pendant les fêtes du couronnement

tout le monde danse de bon cœur.

La fête est finie.
Maintenant tout dort.
Les invités sont rentrés chez eux,
très contents mais fatigués
d'avoir trop dansé.
Le roi Babar et la reine Céleste
heureux
rêvent à leur bonheur

Imprimé et relié en Italie par Milanostampa
Dépôt légal n° 7779 - Décembre 2000
22.11.0228.27/1
ISBN. 2.01.002519.9
Loi n° 49-956 du 16 Juillet 1949
sur les publications destinées à la jeunesse.